P.10-11 上段　ジバンシィを着た有名な女の人たち

Marlene D. ＝マレーネ・ディートリッヒ　1901年生れ、ドイツ出身の女優・歌手。
Liz T. ＝エリザベス・テイラー　1932年生れ、英国出身の女優。
Greta G. ＝グレタ・ガルボ　1905年生れ、スウェーデン出身の女優。
Grace K. ＝グレース・ケリー　1929年生れ、モナコ公国の公妃。元アメリカ合衆国の女優。
Jackie K. ＝ジャクリーン・ケネディ　1929年生れ、第35代アメリカ合衆国大統領夫人。
Wallis S. ＝ウォリス・シンプソン　1896年生れ、アメリカ合衆国出身、英国ウィンザー公爵夫人。
Maria C. ＝マリア・カラス　1923年生れ、ギリシャ系アメリカ人のオペラ歌手。
Jeanne M. ＝ジャンヌ・モロー　1928年生れ、フランスの女優。

Hubert de Givenchy by Philip Hopman
Copyright © Philip Hopman, Uitgeverij Leopold, Amsterdam, 2016
All rights reserved. No part of this book may be reproduced, transmitted, broadcast or stored in an information retrieval system in any form or by any means, graphic, electronic, digital or mechanical, including photocopying, taping and recording, without prior written permission from Publisher.

Copyrighted and published in Japan by
EDUCATIONAL FOUNDATION BUNKA GAKUEN BUNKA PUBLISHING BUREAU.

Japanese translation rights arranged with Uitgeverij Leopold
part of WPG Kindermedia B.V., Amsterdam
through Tuttle-Mori Agency, Inc., Tokyo

Nederlands
letterenfonds
dutch foundation
for literature

This book was published with the support of the Dutch Foundation for Literature.

ジバンシィとオードリー

フィリップ・ホプマン 作
野坂悦子 訳

2019年2月11日　第1刷発行

発行者　大沼 淳	日本語版スタッフ
発行所　学校法人文化学園 文化出版局	レイアウト　末澤七帆（文化出版局）
〒151-8524	校閲　石川よう子
東京都渋谷区代々木3-22-1	編集　大沢洋子（文化出版局）
電話 03-3299-2489（編集）	
03-3299-2540（営業）	
印刷・製本所　株式会社文化カラー印刷	

Japanese text © Etsuko Nozaka 2019　Printed in Japan
本書の写真、カット及び内容の無断転載を禁じます。
NDC726　30p　28×23.5cm

本書のコピー、スキャン、デジタル化等の無断複製は著作権法上での例外を除き、禁じられています。
本書を代行業者等の第三者に依頼してスキャンやデジタル化することは、たとえ個人や家庭内での利用でも著作権法違反になります。
文化出版局のホームページ　http://books.bunka.ac.jp/

ジバンシィとオードリー

― 永遠の友だち ―

フィリップ・ホプマン 作　野坂悦子 訳

文化出版局

フランスのボーヴェにあるお城のような家に、ユベールはすんでいます。
ママはきょうも、パーティーを開きました。
ジバンシィ家はシャンパンをのんだり、おどったり、わらって話をしたりする人たちでいっぱい。

オランダのアーネムにある大きな家に、オードリーはすんでいます。
「母さん、わたし、舞台の上でおどりたい。バレリーナになるの」
オードリーがいうと、

ユベールはおどるのが苦手です。
美しいドレスを、うっとりとながめるだけでした。

「まあ、それはいいわね」と、
母さんはこたえました。

「ママ、ぼく、ドレスをデザインしたい。ファッションデザイナーになるよ」ユベールがいうと、

オードリーはイギリスにひっこし、ロンドンでもバレエのレッスンにはげみます。

「あら、いいじゃない」と、ママはこたえました。「わたしにも、きれいなドレスを作ってくれる？」

でも、バレエ学校の先生に「あなたはプリマにはなれないわ。背が高すぎるもの」と、いわれてしまいました。

このごろの服は、ごちゃごちゃしすぎている。もっとシンプルで、エレガントなデザインにできるのに……。ユベールは、そう思っています。

オードリーは、バレエではなく演劇の勉強をはじめ、べつの新しい夢を見つけます。

そして、ユベール・ド・ジバンシィは、とびきり美しいドレスをデザインしたのです。自由に組み合わせのきく、ブラウスやスカートのセパレーツも考えました。しあげには、おしゃれな帽子をそえました。

そして、オードリー・ヘプバーンは、まもなく注目されるようになったのです。映画の出演もきまって、オードリーは、女優としての道をあるきはじめました。

ジバンシィはパリで、初めてのコレクションを発表しました。ファッションショーは大成功。どの服も、これまで見たことのない新鮮なデザインです！

だれもが、ジバンシィのドレスやジャケット、ブラウスをほしがりました。なかでも人気があったのは、そでのフリルに黒いししゅうがあるベッティーナ・ブラウスでした。

オードリーは初めて、映画の主役にえらばれました！自分の身分がいやになって、ローマの町へにげだした王女の役です。相手役は、とてもかっこいい、だれもが知っている映画スターでした。

有名な女の人たちが、みんな、ジバンシィのドレスを着たがるようになりました。

オードリーは、つぎの映画で着る衣装をえらんでいます。でも、こまったことに、どの服も気にいりません。

女優も、オペラ歌手も、公爵夫人も、大統領夫人も。

こっちはぴらぴら、あっちはぶかぶか。子どもっぽかったり、古くさかったり、みっともなかったり。

ジバンシィの店は、おおいそがしです。注文がどんどん入ってくるうえ、新しいコレクションの用意もしないといけません。

「ユベール・ド・なんとかっていう、パリのデザイナーのところへいってみたら？」
衣装のことを相談すると、オードリーの友だちがいいました。

「きょうは、ヘプバーンさんとかいう、女優のお客さんが来ますよ」助手のフィリップがいいました。

オードリーはすんでいたロンドンから、パリにあるデザイナーの店へ、とんでいきました。
ポニーテールだった髪もみじかく切って。

フィリップが、オードリーを店のなかに案内します。ユベールは、いそがしそうにいいました。
「はじめまして、マドモアゼル。映画の衣装をおさがしですね？
残念ながら、新しいものをデザインする時間はないんです。

でも、ハンガーにかかっている服でよかったら、ごらんください」

そういわれて、オードリーがためしに着てみると……ユベールの目が輝きました。

「どの服も、まるで、あなたのために作ったようだ!」

オードリーは、宝石店のまえで朝食を食べる、気まぐれな女性の役も演じます。

ユベールはオードリーに、一度見たらわすれられないドレスをデザインしました。

オードリーは、いつのまにか、世界じゅうで有名な女優になりました。
女の子はみんな、オードリーのまねをして、黒の上下を着てみたくなりました。

まねしたい気持ちは、
男の子だって、おんなじです。

オードリーは、女優として輝かしい日々をおくりました。それからあちこちをまわって、恵まれない子どもたちをたすけてほしいと、世界じゅうの人によびかけました。そして、いつでもどこでも、ジバンシィの服を着ていたのです。家でチョコレートケーキを焼くときでさえ。
「ジバンシィは、あなたのボーイフレンド？」友だちにそうきかれるたび、「いいえ」と、オードリーはこたえます。
「それ以上の人よ。彼の服を着ていると、わたしは守られているように感じるの。なんだって、できる気がするの」

「もしもし、オードリー？　ユベールだよ。どこにいるの？　こんどもアフリカ？
体をだいじにしてる？
　ああ、ぼくなら元気だ。ちょうど散歩してきたところ。

庭がいま、すごくきれいなんだ。きみに見せたいぐらい。
また近いうちに会える?」

「ユベール、わたしたち、ずっと友だちよね?」